三位教父

彼得・凱恩 著
Peter B. Kyne
林捷逸 譯

這個故事講的是三名強盜——不是三位智者。

「比爾，教父是什麼？」年輕強盜問，「他要做什麼工作？」

「鮑伯，你這年輕人實在很無知，」受傷強盜責難他說，「教父有一點像是備位的父母，且發誓棄絕一切魔鬼的浮誇行爲。」

年輕強盜苦笑，「喔，比爾，只能說我們這三人一組還眞適合當教父。」

這場光天化日下對威肯勃格國家銀行①發動的突襲並不算成功。它經過縝密的計畫，大膽俐落的執行，四名強盜把滿滿的紙鈔弄到手，整個過程一點都不慌亂。然而，就像先前講的，突襲不算成功。

助理出納員吃完午餐回來，在距離半個街區外注意到鎮上有兩個陌生人。兩人騎在馬上，停在威肯勃格國家銀行前面保持警戒。緊臨銀行後面的小巷站著兩匹騎用馬，就在助理出納員停下腳步猶豫時，兩個人從銀行裡出來，騎上等在巷內的兩匹馬，然後在銀行前面警戒的兩人隨後跟上，一夥人相當可疑地匆匆騎走。

①威肯勃格（Wickenburg）是位於亞利桑那州鳳凰城西北方的一個小鎮。

助理出納員深吸一口氣。「有賊！搶匪！阻止他們！」他大喊。

高聲呼喊喚醒了在二號聽牌酒吧前睡午覺的一位老鎮民，促使他起身採取行動。

酒吧前的老人顯然毫無威脅，他不是警長，甚至不是市鎮官員。

相反地，他容易讓人覺得可能是個福音教會的牧師——一位守在酒吧入口的靈魂捕手，仔細聆聽屋內暗自傳出的紙牌聲、骰子聲，還有偶爾嘶喊一聲的「基諾！」②，可以確定的是有許多罪

②基諾是賭場裡一種類似於樂透彩的賭博遊戲，喊出基諾如同中文的「中了、賓果」之意。

惡行爲正在屋內如火如荼進行中。

睡在椅子上的老人穿著一身暗黑衣服，衣領翻下，繫一條白色棉布領帶，泛黃襯衫上有紅色飾鈕，兩頰滿是上了年紀的斑白鬍鬚。但那件像似神職人員的外套下卻藏了兩管槍，是合法持槍的亞利桑那州傳統常見的口徑樣式。

當「搶匪！」呼聲響徹整個威肯勃格鎮時，四名疾騁的騎士正好經過二號聽牌酒吧前。椅子上的人被吵醒，他就像隻兇猛的老狗突然站了起來，兩手拿槍立刻開火，擊倒了四名騎士其中一人。

老人這麼做是有原因的。他在威肯勃格國家銀行有三塊十七分錢存款。或者也能說，他擁有一定比例的鎮民責任感，這比例大概就跟三塊十七分錢在那被擊中那人扛的麻布袋裡所占比例差

他兩手拿槍立刻開火，擊倒了四名騎士其中一人。（N. C. Wyeth 繪）

不多。

十二月的那天下午，四名強盜騎馬進去威肯勃格鎮，但只有三人離開小鎮，其中一人左肩還被射穿一個洞。躺在地上的那個人已經一命嗚呼，在二號聽牌酒吧前壓著一只鼓脹的麻布袋。威肯勃格國家銀行的行員很快就來拿走麻布袋。半小時後，鎮上驗屍官來移走屍體。

至於那位外表讓人難以捉摸的老鎮民，走到一處偏僻的五金行，重新補足自己彈藥，然後興高采烈回到二號聽牌酒吧。關於老人就說到這裡，因爲這個故事不再與他有關。

現在開始，我們必須把焦點放在三名強盜身上，他們騎馬離開威肯勃格鎮，朝加利福尼亞州方向而去，這條路線剛好經過科羅拉多河。

他們在距離威肯勃格鎮二十五英里[3]的格蘭尼特水井首次停下休息，讓馬匹喝水，然後繼續朝河流方向前進。他們在河邊發現一艘船，以當下緊急情況來說，這眞是上蒼的精心準備。

三名強盜來到科羅拉多河邊時，昏暗天色已經籠罩大地。如果他們夠聰明的話，就會等到月亮升起再動身，但我們講的不是三位智者的故事。

追捕的人馬可能不到一小時就會出現，除此之外，三名強盜的個性就是喜歡「賭一把」。他們騎著疲憊不堪的馬匹涉入滿漲的洪流，直到混濁河水淹沒馬兒腹部；他們開槍射殺馬匹，把屍體推入湍急流水中。

---

[3]約四十公里。

一小時後，三名強盜乘船在靠近比爾威廉斯山④的地方登上對岸。

他們在船裡堆滿石頭弄沉它，然後肩上扛著足夠支撐四天的食物和飲水，走向通往科羅拉多沙漠北邊的一道長峽谷。月亮升起後，他們走得還算順利，花了整個夜晚跋涉穿過峽谷。到了白天，離開峽谷到了開闊的荒野。

「喂，兄弟們，我想咱們應該安全了。」最壞強盜說，他是帶頭的那個人。「峽谷裡比較涼快，所以我們可以在這裡紮營。我想吃個早餐，並且小睡一會兒。你的肩膀怎樣，比爾？」

受傷強盜若無其事聳一聳肩。

④比爾威廉斯山（Bill Williams Mountain）位於亞利桑那州中部偏北。

「射偏了，沒打中骨頭，傷得不重，湯姆。但是我血流不止，身體變得有些虛弱。」

「我燒一些水來清洗傷口，比爾。」年輕強盜說，他顯得相當擔心。

他們用藤枝和鐵木枝升起很小一堆火，煮一壺咖啡，吃了早餐，幫受傷強盜清洗包紮肩膀，然後一直睡到下午晚些時候。

他們醒來時精神好多了，提早吃了晚餐，打算穿過沙漠往北邊走，這樣遲早可以到達聖達菲鐵路。

沙漠上有一些孤零零的車站，也許值得一探究竟。接下來要去老婦山⑤一處新的採礦營地。這營地按照荒野地區怪誕的命名方

⑤老婦山（Old Woman Mountain）位於加利福尼亞州西南部沙漠地區。

式，似乎喜歡引用像是麥加、卡迪斯⑥、巴格達、暹羅這樣的地名，最後賦予它新耶路撒冷⑦這個名稱也算並無不妥。

基於一些原因，三名強盜寧可在晚上移動。首先，他們是闖空門的盜賊，而且喜歡幹這勾當。第二，即使到了十二月，白天的科羅拉多沙漠仍會遇上酷熱天氣，相反地，夜間氣溫卻極其寒冷——這三個人沒有毛毯。他們晚上移動，白天睡在岩石陰影下，這麼做也有好處，就是不會遇見其他四處走動的人，受傷強盜不必為肩膀槍傷尷尬地回答詢問。

⑥卡迪斯（Cadiz）是西班牙西南部的一座濱海城市。

⑦新耶穌撒冷（New Jerusalem）是美國加利福尼亞州聖華金郡的一個非建制地區，坐落在雀西東南方。

這三個人沒有毛毯。（N. C. Wyeth 繪）

三名強盜因此都在晚上行進。他們在莫哈韋水井之前改往西邊走，避開那裡的採礦作業，但仍不只一次渴望地回頭張望沙漠彼端的那一小簇黃橙燈光。受傷強盜的肩膀傷勢惡化，需要接受治療。此外，他們也需要補充飲水，不過他們都是在沙漠長大的人，可以撐到抵達馬拉派湧泉。

於是他們遠離莫哈韋水井，踏著沉重步伐繼續往前走。廣闊沙漠在月光照射下鬼影幢幢，大約十五或二十英里外，漆黑陰森的山脈輪廓重重包圍，他們小心翼翼穿過一叢叢帶刺的鉤藤，還有紛亂糾結的牧豆樹和鐵木。他們沿著偏僻的黑暗旱谷前進，走過長長的枯乾河道，兩旁的福桂樹伸出長枝，垂下血紅的花朵，枯萎的約書亞樹扭曲成怪異形狀，似乎周遭可怕的環境嚇得它們在恐懼中翻騰；這片孤寂淒涼之地如此廣袤無垠，讓人不禁產生一種想法，就是造物主對大自然這片浩翰的失敗之作感到震驚，於是將它隔離成永受詛咒的遺棄之地。

第五天的上午，他們來到馬拉派湧泉。三名強盜大口喝水，淋濕全身，裝滿水壺，邁著輕鬆的步伐走向下一個出水口所在的泰拉平水井——一個鮮爲人知而且人跡罕至的地點——他們到那裡可以休息幾天，然後一鼓作氣走完前往鐵路的最後一段路程。

「你不用太省水，比爾，」離開馬拉派湧泉時，最壞強盜建議說。「泰拉平水井一定有水。」然而，由於生長在沙漠的本能，最壞強盜和年輕強盜自己都很節制飲水，只是小心沒讓受傷強盜察覺。受傷強盜的肩膀腫脹發炎，繃帶保持濕潤可以緩解他的疼痛不適。

最壞強盜比他的夥伴更熟悉這片荒野，他幾乎可以用小時爲單位，來估算到達泰拉平水井的時間。太陽剛從東邊升起，掛在蘊藏赤鐵礦的紅色低矮山丘上方，三名強盜拖著疲憊步伐走過漫長的旱谷，轉過一處突出的岩岬，來到乾河道時停下腳步。

伴隨著沙漠微風，乾河道前方傳來聲音。那是一聲淒厲悲慟的哭喊，隨之抽泣不已——充滿痛苦、憂懼的悲慘聲音。

三名強盜面面相覷，每個人都伸出食指壓在唇間。又一次，再一次，那聲音不斷重複。

「那是人發出的聲音，」最壞強盜表示說。「好像非常絕望。在這兒等著，我去看發生什麼事。」

他離開時，年輕強盜憑著年輕人的不安與好奇，爬上一塊岩石高處張望河道前方。

「我看到一輛馬車的篷頂。」他說。

「看起來，」受傷強盜說，「那是新拓荒者的配備，而且還是女人的哭聲。沙漠老手不會駕馬車來這裡。笨蛋才會駕著它到驢子都不敢踏進的荒漠。鮑伯，他們是新來的拓荒者。」

「準沒錯，」年輕強盜附和。「有些放牧人會沿著路徑從帝國谷⑧過來，都是前往新耶路撒冷。我敢打賭一頂新帽子。」

「不管誰在哭泣，那人保證是要去新耶路撒冷，」受傷強盜用蹩腳的幽默口吻回答。「如果不給醫生看看我這肩傷，不久之後我也會朝那方向過去。」

最壞強盜離開將近十分鐘。一會兒，其他兩人看到他回來。在那曬黑的無情臉龐上，明顯流露出深切的擔憂，當他快步走過

⑧帝國谷（Imperial Valley）位於加利福尼亞州南端，臨近亞利桑那州交接處。

乾河道時，搔著滿頭蓬鬆亂髮，似乎在尋找足以應付當前嚴峻狀況的想法。回到夥伴身邊時，他坐到一大塊黑熔岩上，拿著帽子搧風。

「水井成了原始狀態。」他沙啞地說。

「水井乾了，是吧？」年輕強盜睜大的藍眼睛透露出驚恐。受傷強盜突然坐了下來喘不過氣。最壞強盜回答他們。

「情況更糟。」

受傷強盜嘆了一口氣。「不會吧。」他說。

「水井旁有一輛馬車，」最壞強盜繼續說，「但沒看到馬。主人是新拓荒者——一個男人和他的女人——他們從索爾頓出發，途經峽谷泉和博爾德，準備前往新耶路撒冷。他們的某個親戚在新營地經營一處寄膳所，這兩個倒楣傢伙打算跟上熱潮，把一切都賭在上面。他們平安抵達泰拉平水井，但水位有一點低，那男人不知道要挖掉一些沙子，好讓水流進來。我猜啦，他是那種神經兮兮的城市人，自然沒辦法定下心來，等水井注滿水。此外，他沒耐心用鏟子慢慢挖，於是塞了一管炸藥去清空水井，要讓水開始流動——」

受傷強盜倏地站了起來，破口大罵。

「該死的瘋狂蠢蛋！」他狂罵。「我要宰了他，我發誓。我當然要宰了他，就像我現在口渴一樣千眞萬確。」

最壞強盜沒去注意他爆發的情緒。

「於是他點燃炸藥，好狗運的是他這麼做沒把自己炸飛。我眞希望如此，但他沒有。他只是讓泰拉平水井永遠失去功能——水井底下的花崗岩被炸裂，側壁也崩塌，水都流進沙子裡，水井全乾了。它們沒辦法再集水。從今以後，這片荒野或許會降下大雨，若眞如此我就信仰上帝，但那些水井再也集不到一滴水。我猜那笨蛋死了，但他等於還會繼續害死人。人們仍舊會來這裡取水——不到五年，炸裂的水井周圍將會躺著十多具骨骸。

「但這情況對我造成的打擊，遠比不上他接下來所做的事那麼嚴重。他讓自己的馬用鼻子到處聞，舔了舔水井底下的強鹼液體，結果牠們發瘋似的狂奔起來。馬兒奔向峽谷去找水，男人追在後面。那是四天前的事了，他還沒回來；所以我們不必浪費時間推測他的下場，也不必為他感到遺憾。事情也許沒那麼糟，但他把自己的女人獨自留在井邊。她還剩下一些水，也算撐得過去，直到昨天水喝完了。她一個人待在這裡相當艱苦——還是一位相當體面的年輕女孩。我猜大概二十歲左右，眞是鮮花插在牛糞上。但那還不是最糟的——差得遠了。她就要生小孩了。」

「什麼！」

受傷強盜和年輕強盜異口同聲驚叫出來；接著受傷強盜癱靠在一塊岩石上。

「沒錯，」最壞強盜沙啞確認。「我估計嬰兒很快就要出生了。她的狀況很不好。兄弟們，我沒結過婚，不知道能為她做些什麼——她一直哭喊，一直祈禱，請求幫助，而——我——不知道——」

最壞強盜哽咽著，將臉埋進手掌裡。他顫抖得像一條被魚鉤鉤中的魚。當場一片靜默，最壞強盜努力控制自己情緒。

「我是個強悍的老練傢伙，」一會兒他說——「我是個相當強悍的老練傢伙；但我沒辦法獨自回去那裡。你們得陪我過去，夥伴們。我們得爲她做些什麼。」

他滿懷冀望轉向受傷強盜。

「比爾，」他懇求說，「你對這狀況應該懂得些什麼。你應該懂，對吧，比爾？你不是在里約科羅拉多娶過一位混血女孩，她沒幫你生過孩子？」

受傷強盜立刻採取防禦姿態。

「是啊，的確如此，」他勉強承認，顯得有些不甘願，「但是，湯姆，你跟我一樣清楚，印第安人不同，他們不是普通人，但現在是個白種女人——」

「沒錯。」年輕強盜出自於二十二歲的年輕氣盛，立刻爲比爾幫腔。「白種女人生小孩，就是需要醫生、護士、軟床墊等等東西。」

受傷強盜向年輕人使個感激的眼神。

「你說得對，鮑伯。此外，那女人幫我生下一對雙胞胎時，我正在尤馬服五年徒刑——所以你看，我對生孩子的事一無所知。我所知道的都是聽人家說的。她甚至沒叫附近女人們來幫忙——有一天就把雙胞胎生下來了，接著還出外打拚養活他們。」

「喔，」懊惱不已的最壞強盜回嘴說，「我沒打算把難題丟出去，只是在反覆思考需要的資訊。」他不耐煩地站起來。「來吧。」他大聲說，然後帶頭過去。

三名強盜往泰拉平水井走去。他們戰戰兢兢地站在篷車旁邊，撥開布簾往裡面瞧。

鋪著毛毯的稻草墊上躺著一個女人。她是個年輕女孩，有雙大大的褐色眼睛，眼神燃燒著即將爲人母親的狂熱光輝。一條長長的褐色髮辮橫在白皙的胸口前；她痛苦呻吟著，爲了她的恐懼，也爲了她的悲慘境遇。

受傷強盜找來一個錫杯，慷慨地將自己非常拮据的飲水倒給她喝。年輕強盜從篷車後箱翻出一條乾淨毛巾，浸濕後幫她擦拭發熱的臉頰和雙手。

最壞強盜儘管惡貫滿盈，膽量還是有其極限，他走去坐在篷車車桿上試圖思考。但他實在受不了最嚇人的分娩時刻，於是逃離河道免得聽見。在一堆黑色矮石丘上，他居高臨下盯著篷車，機警地站在那兒，就像一隻警戒中的山羊，向他的朋友招手示意，要他們過來。

年輕強盜看他拚命招手就過去了，但受傷強盜仍留在篷車這邊。

「你得多體諒我一點，小子，尤其在這種時候，」最壞強盜低聲下氣說。「我很強悍，也很老練，但經不起那場面。那裡不適合我這種人。接下來要做什麼？」

「能做的不多，我猜。」年輕強盜無可奈何地兩手一攤。「比爾說她沒希望了。」

他兩手捧起水壺輕輕搖晃，看見最壞強盜也在做同樣的事。

「比爾還剩多少水？」他擔憂地問。

「一滴不剩。他一路上肩膀傷口疼得厲害，所以用掉很多水，本來以為在水井可以補充到水。」

「好吧，我們大概還剩兩加侖⑨，」最壞強盜冷靜地說，「但

⑨約七公升半。

我看咱們得切開大龍冠仙人掌取水，直到遇上另一個水井。有一次在聖伯納迪諾⑩，我聽一位飛行員說教，他勸戒說犯法這條路注定艱難，但我還眞不知找什麼東西能比現在找水還難。比爾在叫你了，小子。最好用跑的回去篷車那邊。我想——我會——待在這裡等著。」

他等了半小時，以父親般的焦急眼神注意夥伴在篷車那兒的舉動。有一回哀叫聲音傳到耳邊，他就挪到更遠的地方。他在那裡等著，一會兒之後，受傷強盜來到他身邊。

「結果怎樣，比爾？」他詢問。

⑩聖伯納迪諾（San Bernardino）位於加利福尼亞州，是洛杉磯東部聖伯納迪諾縣的縣治。

「是個男嬰，」受傷強盜回答。「過去看看他，湯姆。他值得你去看他，男孩的體格。」

「那個不幸的女孩怎麼樣呢？」

「她活不了多久，湯姆。她就快死了，而且想見你——我們三個人一起。她現在已經平靜下來。」

疑慮消除了，最壞強盜跟著受傷強盜回去水井那邊。他脫下帽子走近篷車，就怕看到堆滿痛楚的悲慘臉孔。但是，你瞧！他撥開布簾直盯著奇蹟般的母性。苦難的痕跡已經消失，女孩臉龐閃耀著喜悅、平靜和驕傲的光芒，上帝賜予了一位新母親，這也是最壞強盜在他艱辛生命中，首次獲准對造物者的榮耀有了驚鴻一瞥。

嬰兒身上裹著一條粗糙毛巾，躺在小媽媽的懷裡，紅通通、皺巴巴小臉靠在她雪白的胸脯上，女孩低頭凝視自己的寶貝。最壞強盜突然想起過去也曾有個女人，用同樣深懷思念和難以言喻的喜悅眼神凝視著他；在這股思緒下，他牽起母親的左手，貼向自己乾裂起水泡的嘴唇。他不發一語，但那桀驁不馴的腦袋朝那發熱的左手恭敬低頭時，似乎是在心裡吶喊著：

「這是我虛度無用的一條性命。我願拿來跟你交換。」

女孩從容淡定，慈愛的雙眼透露著感激之情。她心領神會，像個眞正的母親接受了他的敬獻——但這捨身付出將不可能是爲她自己。

「你叫什麼名字？」她虛弱地說。

「湯姆．吉本斯。」

「你呢？」她轉向受傷強盜。

「比爾·卡尼。」

她用眼神向年輕強盜探詢。

「鮑伯·桑斯特。」他回答。

「你們願意拯救我的寶寶嗎？」那雙眼睛緩緩地、深深地逐一正視每個強盜。

「我會拯救他。」年輕強盜答應。憑著年輕人的衝動，欠缺思考，沒來由的自信與俠義，他脫口而出，完全沒考慮到眼前充滿死亡威脅、需靠雙腿走過的漫漫長路。他只知道這悲傷的女人凝視自己如此之久，打量自己敏捷高大的身軀，在罪孽還未留下深刻痕跡的臉上搜尋男子氣概。於是他脫口而出，充滿了匹夫之勇的天真義氣，讓那母親相信他會遵守諾言。

「我會幫忙。」受傷強盜低聲沙啞地說。他瞥見最壞強盜再次向母親小巧的手低頭。

「我也會幫忙。」

「我希望你們——全部都是——做爲我寶寶的教父。我可憐的孩子！他媽媽離開之後，在這偌大的世界裡就是孤身一人，他會很想念自己的媽媽。你們不會這樣嗎，各位？晚上沒人把你裹好抱上床，沒人教你禱告，當你跌倒時，沒人親吻你疼痛之處，沒人告訴你小秘密——」

她閉起眼睛，一滴眼淚從長睫毛間悄悄落下，受傷強盜轉過身去。年輕強盜走開，坐到篷車車桿上哭泣，因爲他還年輕。只有最壞強盜留在原地不動，在那兒守護著，等待著。不久，母親再次開口。

「你們都還在嗎？天變暗了——我們必須繼續前進——前往

下一個水井。你——鮑伯．桑斯特——帶著寶寶。你說會保護他——不是嗎？比爾．卡尼——還有——湯姆．吉本斯——你們是他的教父——在路上——要——幫助——鮑伯．桑斯特——好嗎？再一次——答應我——而且……他的名字？……叫他羅伯特——威廉——湯瑪斯——桑斯特……還有當他——健康——長大——像他教父們——一樣勇敢時——你們——告訴他——母親是誰——多麼希望——爲他——活下去……抬高他——教父們——讓我——親吻——我的寶寶。」

最壞強盜等待最後一聲輕輕的嘆息結束，他才把嬰兒移開。受傷強盜爲母親闔上眼睛，將她雙手疊在不再起伏的胸口。年輕強盜緊抓篷車剎車桿站在那兒，直到手指因爲太過用力而發白。他枯立許久，凝視那平靜而充滿靈性的臉龐，還有環繞旁邊熠熠生輝的褐色長髮，深切思考起生與死和人生的奧秘。對他而言，這一切顯得非常怪誕；當最壞強盜拿著鏟子過來時，他大哭起來。

「死亡眞是太可怕了，湯姆。」他啜泣著。

「人生更可怕，」受傷強盜輕聲地說。他坐在稍遠的地方，將嬰兒抱在懷裡，用自己寬闊的墨西哥帽爲他遮住陽光。「死亡只會逮住你一次，但人生就是群魔亂舞的一場戲。我想知道人生中有什麼在等著你，小子。我很好奇。」

年輕強盜拿著鏟子沿乾河谷走去，最壞強盜在工具盒裡找到鐵鎚和釘子，他拆掉篷車側板和幾塊底板，機靈地幹起活來。受傷強盜覺得年輕強盜已經遠在聽不到的距離外時，他開口說：

「我說啊，湯姆。當她要求我們保護嬰兒時，你有沒有注意到？她挑中了鮑伯，好像早已預知。」

「我有注意。我猜她知道，人們說天使總是了然於心。這裡距離新耶路撒冷還有四十五英里，比爾，你撐不到那邊，而我——年紀大了，沒水喝是沒辦法長途跋涉的。」

「這就是爲什麼我說我會幫忙。」

「我也是。」

「我們倆得先在前面頂著，湯姆。我們要保留鮑伯的體力，讓他做最後衝刺。我會抱著嬰兒，今晚你負責扛食物和水，明晚——」

「明晚我會扛所有東西；然後就看鮑伯了。他是年輕、結實、勇敢的傢伙，應該辦得到。」

下午晚些時候，他們只能用簡陋的方式，小心翼翼將受盡苦難的母親埋葬在泰拉平水井這邊，在墳墓上堆起石堆，立一座十字架。他們接著回到拆掉的篷車旁商議。

受傷強盜最先提出三人藏在心中的話題。基於坦率的個性，他直接了當問他們。他在罪惡的人生中曾面臨許多孤注一擲的場面，長久以來學會要勇於面對它們。

「羅伯特．威廉．湯瑪斯需要洗個澡，不是嗎？」年輕強盜再次抓住剎車桿站穩自己。最壞強盜有些吃驚地看著那位受傷的教父。

「我從沒幹過那種事，」他簡單說。「我在想的是要如何餵他。我不反對給他洗澡，不過——」

他拿起兩個水壺。停頓的片刻就說明了一切。

「但他這麼小，用不了多少水，」受傷強盜力爭說。「他只需要一小盆水就夠了。」

「我眞希望他已經到蹣跚學步的年紀，可以好幾天不洗澡，」年輕強盜哀聲說。「也許他可以不用洗澡。我不懂嬰兒的事；但如果眞的得洗，我想我們最好——」

「我該問他母親一些如何照顧他之類的問題，」受傷強盜打斷他的話道歉說，「但我根本忘了問。」

最壞強盜搖一搖頭，似乎表示這是情有可原的疏忽。他正在思考。

「按理講，」不久他說，「嬰兒母親自然會爲即將在營地出生的寶寶準備用品。我的想法是，洗澡是咱們教子面臨最小的麻煩。他一出生就得吃東西，還得穿件像樣的東西，而不是裹在粗糙毛巾裡搔癢皮膚。篷車後箱裡應該有爲羅伯特準備的一些東

「按理講，」最壞強盜說，「嬰兒母親自然會為即將在當地出生的寶寶準備用品。（Dean Cornwell 繪）

西。」

於是他們到後箱翻找，發現許多東西——有煉乳，一盒蘇打餅乾，一瓶橄欖油，一個奶瓶，兩個有象牙環的哄孩子玩具，各式各樣嬰兒衣服，許多是在幾個月的熱切期盼下親手精心製作的。最壞強盜拿起一件極小的羊毛汗衫，還有兩隻從羊毛手套剪下食指當成的襪子，他默默忍住眼淚。三個人驚訝地打量了一番，再回去翻找後箱。

「啊，找到了，湯姆，正是現在需要的東西，」受傷強盜說，同時從後箱深處抽出一本書。「米查姆醫師寫的《嬰兒照護》。讓我們看看醫師講些什麼。」

「還有一本，」最壞強盜說，他拿起另一本書，翻閱前幾頁，「但無關緊要——這是一本《聖經》！」

他不屑地扔到一旁，年輕強盜依舊在好奇心驅使下撿起《聖經》。在此同時，最壞強盜盯著受傷強盜的肩膀。

「該幫嬰兒洗澡了，比爾。」他發號施令。

「嗯！啊哼！讓我看看。好的，湯姆。」

「幫嬰兒洗澡——最重要的是用盥洗盆時不要太計較——」

「盥洗盆是什麼鬼東西？」最壞強盜說道。受傷強盜於是往後箱翻找。

「我猜咱們寶寶的育兒袋裡沒有盥洗盆，」他遺憾地回答。「盥洗盆，」他接著說，「是一個綠色的小浴盆，跟我手臂差不多長，五金行都賣兩披索。」

「你——鮑伯，聽到了嗎？」最壞強盜提醒。「當你抵達新耶路撒冷時，第一件事就是立刻去找買得到的最好盥洗盆。不要忘了，鮑伯。說下去，比爾。醫生接下來講什麼？」

「第一次洗澡——第一次洗澡要等出生三天後再——」

「比爾，」最壞強盜說，而且一臉嚴肅看著他的夥伴，「如果我有一隻貓生病了，絕不會送去給米查姆醫師看。三天不洗澡！當這孩子長大來到沙漠，行走兩地水井之間時可以不洗澡，或者去鎮上度過週末夜晚時也無妨，但對新生兒來說，我敢打賭完全是兩回事。醫師講的不對，比爾。不過，繼續。」

受傷強盜在慫恿下繼續唸：

「嬰兒一出生後，照護者要用橄欖油幫他擦拭全身，如果沒有橄欖油，就用純淨的油脂代替。」

受傷強盜合上書本，但讓手指夾在剛才閱讀的地方。

「我得承認，這聽起來不合常理，湯姆；但後箱有一瓶橄欖油，所以根據醫師指示，看來羅伯特．威廉應該要全身塗油。」

最壞強盜想了想。「嗯，我一點也不相信，」他說。「對他教父們來說，我們的這位教子一生下來就夠滑溜了。」他又沉思了好一會兒。「不過，如果我們按照書上寫的做，也許能避免他皮膚搔癢和擦傷。把書放下，鮑伯，我們要幫小傢伙稍微塗一些油。要非常輕柔，我們不是在給機器上潤滑油！」

受傷強盜將光溜溜的嬰兒托在膝上，下面墊一條攤開的毛巾，最壞強盜把橄欖油敷上去。

「幫他翻個身，比爾。」

受傷強盜將嬰兒翻過身，幾分鐘後完成了這項工作。然而，幫嬰兒穿衣服絕對是更費功夫。教父們知道沙漠的夜晚寒意刺骨，能在後箱找到足夠的羊毛衣和精緻的嬰兒毛毯，真讓他們滿懷感謝。年輕強盜用自己難以形容的穿搭風格，適時爲嬰兒穿上衣服。最壞強盜把橄欖油塞好瓶蓋，雙手在自己褲子上抹一抹，大功告成後露出得意笑容。

接下來，受傷強盜用他粗糙的姆指在米查姆醫師《嬰兒照護》的目錄上滑動，找到「嬰兒餵食」的章節。他出聲讀著內容。

「這就放心了，」他說，同時折起書頁做記號。「米查姆醫師說，嬰兒有時候得喝煉乳才能正常發育。我們有很多煉乳。」

「對啊，我們可以搗碎一些蘇打餅乾，和成黏粥給他吃，」最壞強盜接著說，「緊要關頭可以煮一鍋稀粥餵他。」

「那就需要水，湯姆，」受傷強盜提醒他，「我們也得用水稀釋這些煉乳，還要預熱奶瓶。我想有一段時間，咱們有人得從大龍冠仙人掌汲取足夠的水來做這些事，直到抵達新耶路撒冷。」

「說得對，」最壞強盜認真回應；「羅伯特．威廉．湯瑪斯需要水，新耶路撒冷是最近的營地，直線距離大約還有四十五英里。馬拉派湧泉則是回頭走三十多英里，還是——」

「馬拉派湧泉那裡沒女人，」受傷強盜尖銳反駁說，「帶這嬰兒不能在沙漠上浪費時間。我們得徒步——而且打起精神徒步——走去新耶路撒冷。我們有六罐煉乳，每罐沖調不超過三次，它打開後很快就會壞掉。此外，如果我們——」

年輕強盜才剛想到一個嚴肅的問題，急著要從腦袋裡擺脫掉。他孩子氣地打斷對方，插話問個究竟。

「比爾，教父是什麼？」年輕強盜問。「他要做什麼工作？」

「鮑伯，你這年輕人實在很無知，」受傷強盜責難他說。「你是在樹林裡長大的嗎？告訴你，鮑伯，教父有一點像是備位的父母。當小孩受洗的時候，會有一位教父和一位教母在場，代表孩子向牧師許諾，就像孩子親口說出的一樣，發誓棄絕一切魔鬼的浮誇行為——」

「魔鬼的浮誇行為是什麼？」年輕強盜追問。

「嗯——搶劫銀行，還有開槍射擊副警長，諸如此類。」年輕強盜苦笑。「喔，比爾，只能說我們這三人一組還眞適合當教父。我們最好能做的就是把工作推給教母。」

「但這裡沒有教母，」最壞強盜遺憾地說。「就看我們了。她說——」他用油膩的姆指猛戳地上一小堆沙土，「——她說要教他禱告，把他養育成勇敢堅強的男子漢——就像——就像他的教父們一樣。」

「喔，那也是工作的一部分，」受傷強盜向他們報告。「我小時候去上過主日學，知道自己在講什麼。教父必須擦亮眼睛，注意他的教子有接受宗教教育。」

「那麼，」年輕強盜說，「我想我們最好把這本《聖經》一起帶著。我才剛看到有趣的內容。它是講耶穌基督騎馬去耶路撒冷，你們聽。」

年輕強盜開始唸一段《馬太福音》：

「耶穌和門徒將近耶路撒冷，到了伯法其，在橄欖山那裡，耶穌就打發兩個門徒，對他們說，你們往對面村子裡去，必看見一匹驢拴在那裡，還有驢駒同在一處；你們解開，牽到我這裡來。若有人對你們說什麼，你們就說：主要用他。那人必立時讓你們牽來。」

「鬼扯！」最壞強盜怒氣沖沖說。「我一個字也不信。在這片土地上，你試著去牽走一個人的馬匹，不管有沒有小馬跟在旁邊，然後跟他說上帝要用牠們，看看會發生什麼事。上帝完全救不了你。別再講這些宗教故事，鮑伯，去撿一些灌木蒿來生火。我們要把罐裝牛奶加熱，餵飽咱們教子後再離開。」

火堆立刻升起，他們根據米查姆醫師的指示準備煉乳。最壞強盜加水進去，另外兩位教父謹慎監控每一滴水。他把加水的煉乳加熱到適當溫度，將奶瓶放進去預熱，再把煉乳裝進奶瓶。受傷強盜把嬰兒坐靠在自己膝蓋上，拿起奶瓶朝小小陌生人的嘴唇間擠壓。

這對三位教父來說是個令人焦慮的時刻。他會不會「接住」？他立刻做到了，喝得津津有味，最壞強盜高興得大叫一聲。

「看這小子適應環境的方式，確實讓我很佩服。」受傷強盜得意洋洋說。

「他喜歡喝，就像醉漢喜歡獨立紀念日的烤肉一樣，」年輕強盜說。「他會喝東西了。」他嗓音中充滿爲人父親的驕傲。

「勇敢的小傢伙，不是嗎？」

「他可憐的小媽媽才勇敢，」最壞強盜說。「他是自然而然來到世上。我很好奇他父親是怎樣的人，如果這孩子長大像他一樣是個大笨蛋，那就不妙了。我會非常生氣。」

「嗯，這就取決於最後的那位教父，」受傷強盜說。「你得注意讓他學些常識，鮑伯。別讓他還沒長到二十一歲就戴眼鏡，叫他跟你講話時要稱呼『先生』。你要教他常識和尊重別人，那是個人教育的兩大要求。」

「他是這樣喝奶的，」最壞強盜說，「五分鐘喝飽，然後就睡覺。現在帶他出發還太熱，米查姆醫師說每四小時要餵一次。我們四點鐘要再準備牛奶，然後趕緊離開這裡。等待出發的時候，鮑伯，你到旁邊把米查姆醫師關於照顧嬰兒的所有說法研究一遍。

「知識沒那麼沉重，小子，當你記在腦子裡時，米查姆醫師的這本書還比它重兩磅。比爾要小睡一會，我會在他和嬰兒身旁幫忙趕蒼蠅。」

三位教父帶著教子離開泰拉平水井的時候，太陽幾乎已經下山，他們穿過低矮的黑色山丘往東北方走。一陣寒冷的夜風刮起，三位口乾舌燥的教父從那天太陽升起就沒喝過一滴水，冷風讓他們提起了精神。

在荒野上，他們孤獨地徒步前進，熟睡的嬰兒裹著兩條毯子，安穩躺在受傷強盜的懷抱裡。這男人的臉孔顯得非常憔悴，因爲身體虛弱，走在崎嶇路上不時有些搖晃。年輕強盜跟在後面，很快發現這狀況。

「讓我來吧，我沒扛任何東西，」他勸說。「比爾背了水、煉乳罐、奶瓶、水壺，還有我們的食物，你抱著嬰兒，還有一堆額外的衣物。讓我幫你分擔幾英里路，比爾。你的肩膀受傷，狀況不好，這樣下去會太快耗盡體力。」

受傷強盜搖搖頭。「我要趁還有體力的時候，盡可能抱他走遠一點。我帶的東西不超過十五磅，但在你抵達新耶路撒冷之前，已經夠你用了。」

「咦，你不跟我們一起去嗎？」年輕強盜追問。

「不，」受傷強盜堅決回答。「我不去。」

最壞強盜在路上回過頭來，打開水壺蓋子，遞過去給受傷強盜。

「我想咱們只能分著喝一口的量，比爾，」他好心說。「你肩膀被射成那樣，自然不會要求你嚴格遵守。」

受傷強盜正用他曬紅的鼻尖輕輕撫弄嬰兒的額頭。他突然抬頭，表情可怕極了。

「我這一生幹過許多壞事，」他咆哮說，「但絕不會偷走屬於我教子的水。別再羞辱我了，湯姆．吉本斯。」

「這倒提醒我，」最壞強盜示好說，「你還帶著額外重量。」

他走了過去，解開受傷強盜的腰帶，上面掛著四十發子彈和沉重的左輪手槍，全數扔進灌木叢裡。

「那還有用！」受傷強盜又吼出聲。

之後他們繼續默默走了一小時又一小時。不久，當他們踏著艱辛的步伐前進時，最壞強盜點亮火柴。

「九點鐘，」他宣佈。「羅伯特．威廉．湯瑪斯第三次喝奶時間到了。我們找塊乾燥營地來加熱牛奶——你們聽！」

就在右方一條乾河道，隨著夜風傳來兇猛攻擊的狂吠聲，像似狗群在爭搶一根骨頭。

「土狼，」年輕強盜說。「牠們逮到東西。」

「趕快離開這裡，」受傷強盜焦急喊著。「我不想聽那聲音。牠們不用多久就會逮住我。」

他們移到更遠的地方紮營半小時。受傷強盜再次餵奶，然後他們又踏上前往新耶撒冷的艱辛之路。接近早晨時，嬰兒醒了開始哭，受傷強盜在這漫漫長夜從沒一刻疏於照顧，於是試著唱歌安撫他。

喔，艾拉蕾，多麼和藹與虔誠，
靜靜躺在教堂小墓園裡，
墓碑上的露水閃閃發亮，
但更耀眼的是她的雙眼。
然後帶我回到田納西州，
讓我在那兒——

那是他兒時的一首歌。在他早已逝去的純眞歲月裡，母親曾對他唱的這首哀傷曲調，吵啞而顫抖地從他痛苦腫脹的唇間流出。

那是令人鼻酸的歌曲，但似乎符合此時心境，因爲受傷強盜想起靜靜躺在泰拉平水井那邊的小媽媽。不管是因爲這樣的思緒，或者體力無法再唱下去，他的歌聲在第二段副歌時停了下來。

「眞糟糕，」他虛弱地喘著氣說，「我再也唱不出來了！」

「我會唱給他聽，」年輕強盜自告奮勇說，「我會爲他唱〈德州黃玫瑰〉。」

第一個晚上走了十五英里，太陽升起時，他們翻越黑色火山岩的山丘，來到一片廣闊亮白的乾鹽湖。一英里外有間眩目的白色小屋，在豔陽照射下矗立在地平線上搖曳不止，遠在東北方的老婦山正等著他們。

「在老婦山東南邊尖坡那裡，你會找到新耶路撒冷，鮑伯，」最壞強盜解釋。「山頂盡是岩石，看起來像是巫婆側臉的那座山，就是老婦山。注意看著巫婆，你就可以到那裡。」

年輕強盜點點頭。「我們不能在這麼熱的天氣下帶著嬰兒，」他提醒夥伴。「把他遞給我，比爾，我會壓低身子一路跑去那間小屋，帶他進去躲太陽，等你和湯姆隨後跟上。」

「我會抱好他，」受傷強盜固執反駁。

「你不會。」年輕強盜激動說。「你的腿快撐不住了，比爾．卡尼，我不想看你在旁邊和我的教子一起跌倒，也許還會傷到他。把他遞過來。」

受傷強盜不甘願地將孩子交給年輕強盜。年輕強盜自己也是疲憊不堪，但他擁有夥伴們沒有的東西——旺盛的青春。當土狼即將追上其他兩人時，他依舊可以靈活地帶著教子繼續跋涉。他開始小跑步，要趕在熱氣逼人前抵達孤零零的小屋

最壞強盜羨慕地看他離開。「這傢伙！」他咕噥著。「又瘦

又高，還很結實。如果我們去採一些大龍冠仙人掌來，他就可以挺過去。至少還能撐超過兩天。」

「但我沒看到大龍冠仙人掌，」受傷強盜發起牢騷。「這鹽湖有十英里寬，而且——」

他搖搖晃晃趴跪下去。最壞強盜扶他起來。他們站了一會，互相靠著喘口氣，然後虛弱地緩緩前進。最壞強盜先開口，他的舌頭又乾又腫，但還能清楚說話。

「比爾，你還記得嗎？鮑伯昨晚跟我們唸《聖經》裡的故事——耶穌騎馬去耶路撒冷，派遣兩個人到最近的村莊，尋找一匹帶著小駒的馬。它讓我開始思考，想了整個晚上。比爾，你相信上帝嗎？」

「我不知道，」受傷強盜沙啞回答。「以前不相信，但現在不知道。昨天當那女孩說小孩沒人教他禱告，還有他會長大成為好人時，我從她眼裡看到一些東西。我也感到疑惑，湯姆。難道你不認為《聖經》講錯了，耶穌是派三名門徒，而不是兩名？」

「為什麼呢？」

「因為——」受傷強盜停頓下來，非常正經地看著他夥伴，「我真的這樣覺得，我和你還有鮑伯，我們是三名門徒——從我看到那女孩，然後把小孩抱在懷裡開始。我一直在想，應該要讓鮑伯帶著羅伯特．威廉．湯瑪斯在耶誕節早上趕到新耶路撒冷。想到這兒就給我很大的安慰。不知怎麼的，我有幾分這樣想法，就是耶誕寶寶不會有厄運，如果我們對那孩子問心無愧，耶穌自然不會背棄我們。」

最壞強盜嚴肅點點頭，認同這些看法。受傷強盜繼續說：

「這讓我回想起三十五年前。當我還是個小孩時，家人常帶我上教堂。我生性就不是個會去做禮拜的人，但教堂牆上有一幅畫，一個赤裸的嬰兒躺在母親膝上，當陽光透過彩繪玻璃的窗子射進來時，會把他們的臉龐照得相當漂亮。昨天早上，當陽光──」受傷強盜講到這裡又踉蹌了一次。他自己站起來，疲倦地繼續說，「──當陽光照耀泰拉平水井，光線射進篷車裡面時，我向上帝發誓，那是相同的兩張臉。」

最壞強盜沒回應。他私底下認爲夥伴精神錯亂了。然而，對方接下來說的話讓他排除這想法。

「我們對鮑伯．桑斯特並不公平，」他發起牢騷。「我們是一對本性難改的老惡棍，湯姆，而且影響了那小子。他並不壞，不是天生的壞胚子。他只是年輕，想冒險，並且和讓自己變成大人物。在威肯勃格幹的那票是他第一次如願以償。在你們離開我之前，我有話要對鮑伯講。我要趁還說得出聲音時講，因爲到了中午我的舌頭就不管用了——」

「我也有話對他講，」最壞強盜非常贊同。「我在想跟你同樣的事，比爾。最後的那位教父不能是壞胚子，他必須盡到對那嬰兒的責任。」

一小時後，他們抵達乾鹽湖上的白色小屋。屋子不是一般在城市見到的那種，全用岩塊堆起，非常顯眼明亮，兩人走近時就能分辨出鮑伯．桑斯特和嬰兒坐在裡面的模糊身影。屋頂是一張帆布，歷經豔陽曝曬，破爛得布滿孔洞。這奇怪的住所顯然是屬於某個對沙漠抱有遠見的人，他打算在鹽湖上佔一塊地，然後將所有權賣給鹽湖信託基金。

年經強盜又把嬰兒交到受傷強盜手上，他和最壞強盜忙著把兩層毯子攤在破爛帆布上，以便遮住陽光。接著他們準備了一些煉乳，把奶瓶放在外面熱鹽礫上，等它被加熱到適當溫度。他們不發一語等待著，受傷強盜仰靠著牆閉起疲憊的雙眼。最壞強盜俯身從他手上接過嬰兒，但他似乎沒察覺這動作。這是個不好的徵兆，年輕強盜難以置信地搖搖頭。

一會兒，受傷強盜開口說話。他講得口齒不清，相當費力，就像癱瘓的人一樣。

「鮑伯，」他說，「我有話要跟你講，但現在虛弱得沒辦法說教。湯姆會跟你講。有帶著《聖經》嗎？」

「有，比爾，我帶著。」

「好，鮑伯。我只想弄清楚有沒有上帝，如果有，我想祂會公平對待我。給祂三次機會證明自己存在，要說服我兩次才會相信。翻開《聖經》，鮑伯，唸你第一眼看到的內容給我聽。」

年經強盜翻開《聖經》，唸了一段《馬太福音》：

「耶穌便叫一個小孩子來，使他站在他們當中，說：『我實在告訴你們，你們若不回轉，變成小孩子的樣式，斷不得進天國。』

「所以，凡自己謙卑像這小孩子的，他在天國裡就是最大的。

「凡為我的名接待一個像這小孩子的，就是接待我。」年輕強盜闔上書本。

「再翻開一次。」受傷強盜要求。

年輕強盜隨機翻開書本，從《路加福音》裡唸了一段：

「那同釘的兩個犯人有一個譏誚他，說：『你不是基督嗎？可以救自己和我們吧。』

「那一個就應聲責備他，說：『你既是一樣受刑的，還不怕神嗎？』

「我們是應該的，因我們所受的與我們所做的相稱，但這個人沒有做過一件不好的事。』

「他接著說：『耶穌啊，你的國降臨的時候，求你記念我。』

「耶穌對他說：『我實在告訴你，今日你要同我在樂園裡了。』」

「夠了，鮑伯，」受傷盜低聲說。「我要你和湯姆見證，我接待了那女孩的孩子——爲上帝之名。如果我嗚咽著要水喝，不要給我。我的肩膀和手臂裡有毒血，我會變得瘋狂。我在發燒——但它向我襲來。主啊，它向我襲來。我不會抱怨什麼，主啊，感謝您帶我走到這麼遠——和那小傢伙一起——都是拜您的恩賜，主啊。我的天父，在那——在那——在那——天國，受到祝福——我不記得了，鮑伯。那是很久以前……我試另外一段——」

「他終於要走了，」最壞強盜低聲說。「因爲毒血症。我們離開馬拉派湧泉之後，他就漸漸走向死亡。聽他在說什麼，鮑伯。他在說些什麼？——聽！」

他們朝受傷強盜俯身過去仔細聆聽，因爲他聽起來像是徘徊在遠方胡言亂語。的確如此。比爾．卡尼的身軀行將就木，但靈魂漫遊在他狂野波折的一生，回到朦朧遙遠的起點。

現在我要睡了，
我祈求主保祐我靈魂。
如果醒來前我將逝去，
我祈求主引領我靈魂。

「上帝賜福我的父親和母親，還有我的妹妹——讓我成爲一個好孩子，阿們！」

最壞強盜的臉抽動了一下。「好樣的耶穌基督！」他低聲說。這話沒有不敬的意思，它們從他發黑的嘴唇喃喃流出，就像是個祝福——他兇狠的雙眼透露出人性溫柔的光輝。「耶穌基督眞是好樣的。祂悄悄來到老比爾身上，又把他變成一個孩子了。」

在這漫長而令人窒息的白天，他們坐在那兒看著他，當他變得神智不清的時候，年輕強盜接過嬰兒，以免受傷強盜突然變得狂亂。

接近傍晚，嬰兒餵飽之後又被裹上毛毯，爲再次啓程做好準備，垂死的教父轉身張開眼睛。他們彎下身去聽他最後的遺言，講得幾乎令人難以理解。

「他是一個耶誕寶寶——應該要到——耶路——撒冷。堅持下去——完成——好夥伴——別讓——我的——教子——死在——兩個——賊的——手上——」

他們緊握住他的手。最壞強盜已經捆好背包，扛到疲憊的肩上。他伸手去抱嬰兒。

「孩子給我，」他沙啞喊著。「我還要負責走十英里。我會看你成功穿過乾鹽湖。」

年輕強盜現在懂了。他交出嬰兒，兩位教父一起走出小屋，邁向廣闊的鹽湖沙漠⋯⋯。那天夜裡某個時刻，天使來到小屋，引領比爾．卡尼前往天堂。

離開小屋之後，最壞強盜意識到，接下來穿越鹽湖的十英里旅程，他們能走得更流暢順利，決定在有效「推進」的時候加快步伐。他們不再需要配合比爾．卡尼的腳步而拖慢速度，最壞強盜決心要在認輸之前看到教子安全穿過乾鹽湖。

他走路搖晃得很厲害，但年輕強盜大步跟在旁邊，一手扶著他手臂，讓他保持平穩。最壞強盜一邊走，一邊對鮑伯．桑斯特說起話來。

那是簡短的勸說，精簡而意味深長的內容，出自最壞強盜苦澀暗淡的過往，以及更加黑暗的未來。

「比爾．卡尼從沒背棄過夥伴，小子，所以當我離開時，希望你會說『嗯，湯姆．吉本斯，他也從沒背棄過夥伴。』當你生命走到盡頭，你會希望咱們教子說『鮑伯．桑斯特也一樣，從沒背棄過夥伴。』別再幹強盜了，小子。還沒人對你有任何成見——開始走上正途，規規矩矩養育這孩子，如果發現他有偏離正道的跡象，只要提醒他說，有一個女人和兩個男人犧牲了性命，好讓一個男人把他帶到世上。我要講的就這些，不再多說什麼。」

到了午夜，最壞強盜變得非常虛弱。他搖搖晃晃，步伐蹣跚，每走幾百碼就要停下休息，但他沒有交出嬰兒。

「我要堅持到太陽升起，」他告訴自己，「我必須做到，我不會放棄這孩子。」

清晨兩點鐘，月亮升起，遠方傳來一隻土狼的叫聲，最壞強盜顫抖了一下。三點鐘時，他們走出乾鹽湖，再次來到沙漠上，年輕強盜伸出手臂接過嬰兒。

「他眞的該餵奶了。」這是最壞強盜想要講的，但咕噥出來的話語難以聽懂。乾鹽湖上沒有灌木蒿，他們沒辦法升火。嬰兒又餓又渴，已經哭了兩小時。最壞強盜卸下背包，撿來灌木枝，升起旺盛的一堆火，然後由年輕夥伴負責照料嬰兒。

當鮑伯．桑斯特餵完奶後，最壞強盜在沙地上抹平兩英尺的一塊區域，然後在營火照映下，用手指寫出他無法清楚交待的話：

「你抱嬰兒。我還能扛背包再走兩、三英里。到新耶路撒冷的最後十二英里就交給你。今天別停下來，繼續前進，嬰兒餵奶量減半，懂吧？」

年輕強盜點點頭。當曙光出現在東邊天際時，他們繼續上路。

走完一英里後，最壞強盜示意他的盡頭就快到了。他更常跌倒，磨破了雙手和膝蓋，眼睛和嘴巴沾滿沙粒，皮肉都被藤枝劃開。他腫脹的喉嚨發出疲乏單調的喘息聲，體力分分秒秒都在流失，但仍掙扎前進。他已經走得厭倦了。

黎明曙光在沙漠上慢慢擴散開來，魔法般的美景緩和了死亡國度的無情。最壞強盜看到桃紅光輝照亮老婦山陰鬱的臉龐，他甘願了。他曾答應自己要堅持到黎明，現在信守了承諾。

他跪倒在沙地上。鮑伯．桑斯特停下來扶他起身。他掙扎前進了幾碼又再次跌倒，當鮑伯．桑斯特很想再扶他起來時，最壞強盜死命揮手要他退後，因爲不想再讓男孩浪費力氣。他試著開口表示反對，但腫脹嘴巴發出的只是可怕的聲音。

年輕強盜遲疑了一會兒，站他面前拿不定主意。最壞強盜愼重摘下自己帽子，把它遞給年輕教父，對方拿了一根頂端有三個分叉的灌木枝，插進寬檐帽裡面，做成應急的陽傘給嬰兒遮擋陽光。最壞強盜點頭表示贊同，鮑伯．桑斯特將嬰兒放低，直到柔軟小臉拂過最壞強盜臉頰上粗糙的鬍髭；兩人握了握手——這位最後的教父將年輕臉龐轉往新耶路撒冷，出發邁向即將到來的這一天。

最壞強盜看他消失在灰色沙漠中，隨後回頭瞥了一眼他們走來的足跡。遙遠的西南方四十英里外，大教堂峰⑪如城堡般的尖頂高聳在那，凝視著再也走不動的教父。它多麼像一座教堂，隱世、莊嚴、永恆不滅矗立著，俯視了好幾世紀。最壞強盜被觸發去認眞思考——他現在已經沒剩多少時間可以思考了。他的思緒回想起乾鹽湖上那間小屋的情景，想起比爾．卡尼對全能上帝提出的挑戰，想到那痛苦的靈魂在懷疑與不信中吶喊所得到的回應；突然有個強烈願望浮現在最壞強盜心中。他也想知道答案，也想請求一個神蹟，如果眞有上帝的話——

他向大教堂峰伸出雙臂。「主啊，給我一個神蹟，」他粗聲

⑪大教堂峰（Cathedral Peak）位於加利福尼亞州東部山脈，因冰河活動形成狀似大教堂的山峰而得名。

喊著，「讓我看到光。」彷彿回應了他的吶喊，太陽突然照亮帕納明特山脈⑫的頂峰，一道陽光像支長箭射過沙漠，將遠方大教堂峰的尖頂映上絢麗的色彩。它們閃耀著緋紅、金黃和銀色光芒，逐漸變成藍綠色和深栗色，在那光線中，最壞強盜為他心中的困惑找到答案。

「主啊，我相信。」他可怕的粗聲吶喊再次打破四周的寂靜。「當你進到你的王國時，請記住我。」

然後，沙漠的狂亂襲擊了他腦子，突然間，他憑著一股嚇人的瘋狂力量爬起來，開始穿過荒野向山峰走去。他敞開雙臂，奔跑在通往大分水嶺的漫漫長路上；當他奔跑時，山峰反射的陽光

---

⑫帕拉明特山脈（Panimints）位於加利福尼亞州東部的沙漠。

像訊號發送器般不斷閃爍。也許裡面傳送了一個訊息，只有最壞強盜能夠理解的訊息——永傳千世的希望訊息：

「今天你將與我同在天堂。」

不久，最壞強盜倒了下去。生命的盡頭到了，他一直保持著信仰。

但鮑伯．桑斯特不能耽擱，不能停下來觀望思索；他在泰拉平水井已經立下誓言，如果要拯救教子就得繼續前進。他只剩一

罐煉乳和半夸脫⑬的水，這告訴他必須加快速度。

太陽升起一小時，圍繞他的是灼熱刺眼的一片荒涼大地，他緩緩走進一棵假紫荊樹的細長陰影下，脫掉嬰兒的衣服，爲他塗抹僅剩的橄欖油後扔掉瓶子。然後他從泰拉平水井一路帶來的衣服裡，挑了一件新衣服幫嬰兒穿上。他沾濕自己的印花手帕，擦拭那紅通通的小臉蛋，開始爲最後衝刺做準備。

他丟掉牧豆麵包和牛肉乾這些備糧，還有那本《聖經》，以及珍貴的米查姆醫師著作《嬰兒照護》。他考慮了一會兒，決定把一直裹著嬰兒的厚重毛毯也丟棄。這代表又減少了六磅的重量，除非他們在日落前到不了新耶路撒冷，否則羅伯特·威廉·

⑬一夸脫等於四分之一加侖，半夸脫約四百七十三毫升。

湯瑪斯也不再需要它。不管有沒有毛毯，他們今晚都會在星空下挨凍入眠，因爲鮑伯・桑斯特再次面對一開始就註定要背負的使命，他必須「賭一把」。

他原本打算扔掉自己的六發式手槍和腰帶，但灌木叢裡莫名的窸窣聲促使他重新考慮。他觀察發出聲音的地方，不久看出那是一隻土狼的身形。那畜牲的屁股坐在地上，紅舌頭掛在嘴角，目光懶洋洋盯著最後的教父和他手上的東西。

野獸的大膽放肆本身就是一個羞辱，這讓鮑伯・桑斯特憤怒不已。憑著不可思議的獸性智慧，土狼意識到這人的虛弱，耐心給自己設定任務，要尾隨他到終了。現在牠坐在那兒——等待著。灰色潛行者完全不把宿敵放在眼裡，甚至懶得隱藏自己的意圖。

「所以你已經在等著挑選。」鮑伯·桑斯特大聲咆哮，然後開槍。土狼翻了個筋斗，拖著後腿穿過灌木叢爬走，另外兩隻土狼聽到槍響跳了起來，急忙跑出射程外。

「你們認爲我會丟下這孩子，是吧？」教父朝著逃走的敵人激動叫囂，直到牠們不見蹤影。他抱起羅伯特·威廉·湯瑪斯，拿那頂帽子做的陽傘撐在孩子上面，趕緊沿著乾河道朝開口走去。他又來到低矮黑色山丘和熔岩石床的區域，地面反射的溫度高得嚇人。他小心走在山谷有陰影的那側，就這樣前進了一小時，直到太陽升得更高，照到他無處可躲。

受驚嚇的角蟾和蜥蜴從腳前竄過，大蜥蜴對他眨著眼睛，一隻沙漠陸龜搖搖擺擺從旁悠閒經過，有一次，當他回頭凝視來時路，見到那些從驚嚇中恢復鎮靜的土狼又跟在後面。他開始看見海市蜃樓——非常漂亮的小湖，湖畔長滿棕櫚樹和翠綠的燈心草。拍打石頭的潺潺水聲令人愉悅，在他耳中清晰作響。他很想停下來尋找這條汩汩小溪，但常識警告他說，那都是炎熱和自己的想像造成的錯覺。他知道太陽曬得很厲害，自己快被曬乾了。

「仙人掌，」他反覆提醒自己，這字眼彿彷是打開生命之門的密語；「只要找到一棵大龍冠仙人掌。」但大龍冠仙人掌的汁液不多，也沒生長在眼前這片荒野。緩慢推進了幾英里路，他急切地四處張望，發現攸關自己和羅伯特·威廉·湯瑪斯性命的灌木叢已不見蹤影；奮力掙扎終將徒勞無功，孤注一擲的希望近乎破滅，這令人毛骨悚然的態勢變得愈加明顯。嬰兒現在不斷哭泣，受煎熬的小眼睛浮現黑眼圈。他疲乏厭倦，渾身又熱又癢，儘管教父們都已盡其所能，但鮑伯·桑斯特知道若不給予適當照顧，這孩子沒辦法再撐一天。能活到現在其實已經是奇蹟——這奇蹟完全有賴於他生下來是個健康、生氣勃勃的十二磅重寶寶。最後的教父試圖唱著以往管用的〈德州黃玫瑰〉來安撫他，但現在唱不動了，他知道兩人快要走到盡頭，自己的淚水滴到教子臉上。兩人交融的是男子漢的淚水，而非出於自怨自艾。唯一讓鮑伯·桑斯特感到心碎的，就是想到無助的教子和潛行後方等著撿屍的畜牲。

突然，一股如釋重負的強烈喜悅讓教父振奮不已。他遇到印第安人標示的水源記號，一眼就看了出來。五顆小石頭圍成一圈，第六顆在圓圈右邊大約三十英尺的地方。朝這方向過去就有水，鮑伯·桑斯特往西南方看到一條乾河道。若要過去就會偏離原本方向一到兩英里，但只要能找到水，一英里或十英里又有什麼關係呢？這使得他重拾希望和氣力，踏著穩健步伐前進，當河道變窄時，他知道自己會來到一處「水池」。接近窪地時，他奔跑過去，在那水坑旁邊，頹然跪下，開始啜泣。它完全是乾的。

他花了很長一段時間才重新鼓起勇氣，出發回去山谷。走了兩英里卻一無所獲！他想到這裡又流起淚來，同時驚訝自己可憐的身體裡竟然還有那麼多水分。

到了谷口，他停下來為嬰兒準備最後的煉乳和飲水。然而，當他餵奶時，孩子尖叫著，連一口都不願意喝。鮑伯·桑斯特趁他躺在自己膝蓋上張開小口時，將自己水壺底下僅剩的殘渣滴了進去。

「你也需要水，孩子，」他傷心低語。「這帶甜味的黏液會要你的命。」

他把奶瓶放進口袋，停留的這段時間又殺了一隻冒險靠太近的土狼，然後重新啓程前往新耶路撒冷。他在中午離開乾水池，一點鐘時又往新耶路撒冷推進了兩英里，到了三點鐘，距離營地不到五英里，他第一次倒下。即使跌倒了，他伸出左手撐住身體，沒讓自己壓到嬰兒，孩子並沒受傷。於是教父用湯姆．吉本斯的帽子遮住孩子脆弱的腦袋，在沙地上趴了一會兒。他還沒累垮，但已經筋疲力盡，非常虛弱，雙眼一片迷濛。他掙扎著要再次鼓起勇氣，但實在非常需要休息。於是他躺在那兒，嘗試思考，直到嬰兒哭聲將他喚醒，驟然坐了起來。

六隻土狼坐著圍成一圈，鮑伯．桑斯特和嬰兒位於中央。牠們現在更靠近了——就他所知，這些膽小畜牲已經越過安全距離，現場同伴數量夠多，足以煽動牠們發動一次突擊來結束一

跟蹤的畜牲也變得越來越大膽。（N. C. Wyeth 繪）

切。他朝土狼開槍，但牠們毫髮無傷一哄而散。

「我再也沒辦法射擊，」男人悲嘆。「我要瞎了。走吧，孩子，我們必須出發，不然今晚就會被牠們逮住。」

他抱起孩子緩緩前進，土狼再次聚集跟在後面。教父開始怕牠們了。他被強烈恐懼糾纏住，深怕牠們偷偷接近從後面咬他，或者一擁而上，把嬰兒從他手中叼走。他不斷回頭張望，朝牠們開槍，但全都射偏，跟蹤的畜牲也漸漸變得更大膽。只要他坐下來休息幾分鐘，牠們就過來包圍他，對教父來說每次距離都更加接近。他決定要節省子彈，留在最後衝刺時用。

他蹣跚前進，直到四點鐘再次倒下。這次他即時轉身讓背部著地，嬰兒抱在身前。當他躺在地上，驚呆得渾身發抖時，教父慶幸自己有所準備。他閉上眼睛，想擺脫眼前無數紅、黃、藍的亮點，它們像煙火般在沙漠上飛舞，射向空中。但亮點依舊持續——因爲煙火是在他腦子裡飛舞，他躺在那兒時，想到結局終究是如此。他虛弱到再也無法抱著嬰兒前進，遲早會再次倒下，壓死嬰兒，所以何必要繼續掙扎——

孩子正離開身邊！他感覺嬰兒從手臂中被慢慢拖走，伴隨著本想尖叫的一聲呻吟，他坐起來伸手拿槍。近在眼前的是一隻土狼，躡手躡腳拖著嬰兒的衣服，教父因爲實在太近不敢開槍，只能揮舞手臂嚇走野獸，土狼不甘願地跑回那圈淌著口水、掛著紅舌的同伴那邊。

教父跪在嬰兒旁的沙地上，查看有沒有齒痕，但還好沒有。他現在深刻體會到兩人處境有多艱險。他曾抱持希望，但現在希望消失了。新耶路撒冷距離不到三英里，但那就像三百英里遠，因爲鮑伯・桑斯特帶著嬰兒絕對無法走到那裡。他不再考慮自己這條命。他想擺脫土狼，同時在極度痛苦下，忘掉自己是個強盜，大聲向他完全不認識的上帝呼喊。

「上帝，救我，救我！不是爲我自己，而是爲這可憐的小嬰兒。我夠老夠結實，主啊，但救救這孩子。如果《聖經》沒說錯，你自己也曾是個孩子。現在救救我的孩子。不要背棄我，主啊。幫助我，幫我守住諾言把他養大——」

他緊抱住孩子激動親吻，這是他接下教父責任以來第一次這麼做。接著，因爲他是個鬥士，當這條命還在時就不能放棄，於是憑著頑強毅力踉蹌前進。他把逐漸衰退的視力固定在某個無關緊要的地標上，鼓勵自己堅持下去，直到抵達那裡爲止。各種古怪思維不斷侵入腦子。有一次，他想像一隻大蜥蜴在對他說：

「你好，鮑伯．桑斯特，你在逃離什麼東西？你躲不掉土狼的，牠們一定會逮到那嬰兒。最好把孩子扔給牠們，看你能不能獨自走到新耶路撒冷。那孩子的重量會殺了你，小子。他對你來說究竟是什麼？他只是一個三天大的嬰兒。何不這樣，你把他留下，自己前往新耶路撒冷？你沒帶嬰兒就能做到。」

他咒罵那隻大蜥蜴，把他踩進土裡，因爲這番話是個羞辱。但一會兒之後，一隻角蟾建議他把留在奶瓶裡的牛奶喝掉。「當然，這不關我事，」角蟾說，「但如果嬰兒不喝，你應該可以喝。讓它白白浪費是很愚蠢的。它只有幾口的量，但能給你體力走到前方一英里的黑色熔岩山岬。」

「角蟾，」教父回答，「你是個明智的傢伙，我接受你的建議。這麼做不太有義氣，但已經不重要了。」

他喝掉嬰兒拒絕喝下的牛奶，把奶瓶扔到一旁，鼓舞自己要堅持走到黑色熔岩山岬，那是最後的目標。如果在那之前倒下，他打算爬上一棵假紫荊樹，帶著嬰兒擠進樹枝間，殺了嬰兒和自己，用這種死法嘲笑那些土狼。

他倒下了。孩子第三次逃過被壓到的危險。假紫荊樹距離只有五十碼，黑色熔岩山岬是七十五碼，但教父勉強站起來，走到假紫荊樹那邊。令他厭惡的是，他發現自己太虛弱了，沒辦法爬上樹。於是他斜靠著樹幹悲嘆不已，雙眼乾澀，帶著憤怒、恐懼和失望。角蟾一路跟隨，現在又提出建議。

「桑斯特，你是個傻瓜。爲麼要爬到樹上？鷲鷹會吃掉你，所以有什麼差別？」

「我要走去黑色熔岩山岬，」教父回答。「牠們在那邊不能從背後攻擊我，無論如何我都還能驅離牠們一段時間。」

他跌跌撞撞離開假紫荊樹，一步步接近黑色熔岩山岬。他下定決心要走完這段路，山岬另一頭就有陰影遮蔽。一路上搖搖晃晃，感覺天旋地轉，口中胡亂咕噥，他終於走到山岬，撞到某個毛茸茸的柔軟東西。他倚靠著休息一會兒，這柔軟溫暖、像個動物的東西用鼻子頂他，發出友善的輕聲嘶叫。當鮑伯·桑斯特睜開眼睛時，發現自己依靠的是一匹晃動身子的白色老驢，背上扛著一個馱袋。

「水，」教父心想，「找水。應該有個帆布水袋。」他摸索驢子腹側去找水袋，但沒找到。這動物耐心站在岩石陰影下，鮑伯·桑斯特退了幾步仔細看牠。驢子的眼睛通紅，周圍佈滿灰塵，顯然牠走了很長的路。牠的腿在發抖，伸出的舌頭又乾又黑。這驢子也快渴死了。

「你這可憐的傢伙。」鮑伯．桑斯特若有所思地說。他盯著這令人憐憫的動物，同時努力回想曾經出現驢子的某件事。最近和比爾．卡尼與湯姆．吉本斯的對話中曾提到過，但到底是什麼？唉，別管了，反正沒任何差別。這匹驢子快死了，派不上用場；牠身上也沒水袋——

耶穌和門徒將近耶路撒冷……就打發兩個門徒，對他們說，你們往對面村子裡去，必看見一匹驢拴在那裡……。

《馬太福音》的字句如火焰般照亮最後教父逐漸暗淡的前景。他現在想起來了。在泰拉平水井的時候，他曾對比爾．卡尼和湯姆．吉本斯唸了一段《聖經》的內容——那是關於耶穌騎著驢子去耶路撒冷的故事。現在，他發現一匹驢子正等在岩石陰影

他一邊被引領，一邊被拖著前進。（N. C. Wyeth 繪）

下！

比爾·卡尼曾請求一個神蹟——

最後的教父想起自己一小時前瘋狂的祈禱。他曾請求幫助，難道站在這兒的驢子就是回應？

「有這可能，」他咕噥。「這驢子從某個探堪隊伍逃脫，正在找水喝，上帝差遣牠走上我們這條路，孩子。一定是祂差遣來的。」

教父用空出來的手拚命扯掉馱袋上的繩結，把袋子從馱鞍上卸下，扯開袋子之後發現——一罐蕃茄。他用摺刀砍開罐子，自己喝了一些汁液，再把另一半給了驢子。然後他把教子放上馱鞍小心綁妥，手上拿著摺刀站在後面，戳刺那疲倦不堪的驢子，直到牠願意移動，拖著緩慢步伐穿越沙漠。鮑伯·桑斯特走在驢子旁邊，一手忙著顧好刀尖，另一手緊抓著馱鞍後面。喝過蕃茄汁後，他的體力某種程度上來說已經恢復，他猜想驢子似乎也恢復了精神。鮑伯．桑斯特眞希望有多一罐蕃茄可以給驢子，因爲自己和教子的性命全依賴牠了。他沉重地斜靠在那動物身上，幾乎是被一邊引領、一邊拖著前進。就這樣走了一小時。

現在登上了坡路，通往老婦山東南邊尖坡的頂峰，透過夕陽的薄霧，那張兇惡的巫婆臉孔從高處斜視著他們。教父和驢子疲累而緩慢地走在斜坡上。驢子幾乎氣力用盡，時不時就突然止步，用無力的呻吟表達抗議。當教父虛弱得抓不住馱鞍，一頭栽倒在地時，牠就很高興。但如果他跌倒了，又會再站起來，抱怨著，祈禱著，胡言亂語一番，然後這肅穆的隊伍再度繼續前進。

影子變長了。太陽隨之消失不見，夜晚降臨在沙漠上，但這可憐的朝聖伍繼續往山坡上走。現在他們距離頂峰還有半英里，四分之一英里，兩百碼，一百碼——驢子呼嚕一聲，顫抖一下，然後倒了下去。在一片黑暗中，鮑伯．桑斯特摸索到把嬰兒綁在馱袋上的繩子，割斷它們，遠離那垂死的動物。

「多虧你在如此炎熱天氣下把我拖走上斜坡，老傢伙，」他從乾裂流血的雙唇間擠出話語。「不然我絕對做不到。現在新耶路撒冷應該距離不遠了，我會到達那裡。但——」

他把槍口塞進那受苦動物的耳朵，扣下扳機。「我欠你這個仁慈。」他嘀咕著，然後繼續走向峰頂。

他在頂峰停下，溫柔搖晃手中珍貴的重擔，凝視另一側的山下。就在下方幾百碼的山谷裡，新耶路撒冷的燈光穿過黑暗孤寂的聖誕夜，閃爍著明亮的光芒，教父想起比爾．卡尼說過的話。

「他是耶誕寶寶。上帝不會背棄他。」

鮑伯．桑斯特伸出又黑又乾的長舌頭，就像頭死掉的牛，站在新耶路撒冷郊外，心中想到許多事。比爾．卡尼說得對，他是個耶誕寶寶，順利度過了難關。他把嬰兒抱到眼前，兩人的臉非常貼近，一隻小手慢慢舉起，緊緊抓住教父鼻子。

這是他們在一起的最後重要時刻，因爲過了今晚，必定有某個女人會介入羅伯特．威廉．湯瑪斯的人生，鮑伯．桑斯特將只是他教子摯愛的夥伴。他記得孩子的母親曾告訴最壞強盜，他們有「親戚」在新耶路撒冷，鮑伯．桑斯特納悶她的意思是否要他把孩子交給他們。想到這裡就讓他感到驚恐，當他蹣跚步下山坡走進新耶路撒冷時，熱淚不斷滴落在那稚幼的白色小臉蛋上。

「我不會把你交出去，」他急促亂語。「我絕不會。你是我的。你母親把你交給我去養育成像個男子漢，我也準備這麼做。你是我的孩子，你是依我們三人命名。不，我不會交出去。我已經爲你出生入死無數次——我會去工作，替你僱一個保姆——」

十五分鐘後，一個憔悴、流血、胡言亂語的男人，胸前抱著一個大包裹，搖搖晃晃走進新耶路撒冷，停在一個手搖琴前。琴聲傳來憂傷的旋律，一個女人——一位抹大拉的馬利亞⑭——正在唱著：

耶路撒冷，耶路撒冷，點亮你的城門和高唱，

---

⑭抹大拉的馬利亞（Mary Magdalene），《新約聖經》中描述的一位耶穌的女性追隨者。

和撒那⑮！和撒那！和撒那歸屬你的王！

鮑伯．桑斯特猶豫不決地走向唱歌的女人，將手上包裹遞過去給她。

「這是什麼？」她問。最後的教父含糊咕噥著，但就是說不出話來。女人怎麼知道他想說什麼？

她掀開包裹，低頭注視著羅伯特．威廉．湯瑪斯．桑斯特。

誰知道呢？也許就在那刻，女人也像三名強盜一樣，見證到了王者耶穌！

譯注⑮：和撒那是猶太教和基督教用語，原意為祈禱詞：「求上帝拯救！」之意。現今則較經常被用來作讚頌之語助詞。

Peter B Kyne

國家圖書館出版品預行編目（CIP）資料

三位教父／彼得・凱恩 (Peter B. Kyne) 原著；林捷逸翻譯．--
初版．-- 臺中市：好讀出版有限公司，2023.10

面；　公分．--（典藏經典；146）

譯自：The Three Godfathers

ISBN 978-986-178-685-8（平裝）

874.57　　　　　　　　　　112013822

好讀出版

典藏經典 146

三位教父 The Three Godfathers（又名：荒漠三雄）

原　　著／彼得・凱恩 Peter B. Kyne
譯　　者／林捷逸
總 編 輯／鄧茵茵
文字編輯／莊銘桓
封面設計／鄭年亨
發行所／好讀出版有限公司
　　　　台中市 407 西屯區工業 30 路 1 號
　　　　台中市 407 西屯區大有街 13 號（編輯部）
TEL:04-23157795 FAX:04-23144188 http://howdo.morningstar.com.tw
（如對本書編輯或內容有意見，請來電或上網告訴我們）
法律顧問　陳思成律師

線上讀者回函
獲得好讀資訊

讀者服務專線／ TEL：02-23672044 / 04-23595819#212
讀者傳眞專線／ FAX：02-23635741 / 04-23595493
讀者專用信箱／ E-mail：service@morningstar.com.tw
網路書店／ http：//www.morningstar.com.tw
郵政劃撥／ 15060393（知己圖書股份有限公司）
印刷／上好印刷股份有限公司
如有破損或裝訂錯誤，請寄回知己圖書更換

初版／西元 2023 年 10 月 15 日
定價：200 元

Published by How Do Publishing Co. ,LTD.
2023 Printed in Taiwan

ISBN 978-986-178-685-8